JN281024

さよならが癒えるまで
石川　豊
文芸社

● 目次 ●

プロローグ

プロローグ

1　追憶と悲泣のはざまで

あの頃の思い出を再び呼び戻すかの様に、潮風が優しく、そして柔らかくこの私の頬や首筋、両手、両脚に絡み付き、記憶を今も色あせる事なく脳裏に映し出してくれる。


素足のまま砂浜をゆっくりと歩き続けるうちに、ふと立ち止まり、振り返る。

「あっ……」

一瞬だった。私の後から懐かしい面影が、私に語りかけている様な気がした。

気のせいだったみたいね……。

砂浜には、私がここまで歩いて来た足跡だけが無口にこの私に何か大切に語りかけている様に思え、思わず口元を綻《ほころ》ばす。

私にとってこの記憶は忘れたくても忘れる事のできない大切な青春の一ページとなっているのだ。

潮風がいたずらに私の髪を玩《もてあそ》び、通り過ぎて行く。

私は流されるままその髪を自然に預けた。

——ねえ、この私の声届いてますか？　あなたとの美しい思い出を色あせる事なく、いつまでも繋ぎとめていたくて、今年もあなたとの思い出の場所に来ています。今となっては、あの頃の記憶を辿る事しかできなくなってしまった私ですが、あなたは今の私をどう受け止めているのですか？　あなたを失ってから何年もたちますが、記憶の中に佇むあなたの面影は、色あせる事なくあの頃のまま、私に優しく微笑みかけています。

——え？　シワが増えたんじゃないかって？　相変わらず意地悪ね。ファンデーション変えたほうがいいかしら？
彼女は心の中でそんな会話を楽しんでいた。

彼女は海に向けて立ち直り、胸元で手を握りしめ、失った大切な愛《ひと》に祈りを捧げた。彼女はその場にゆっくりと跪《ひざまず》くと、天を仰ぎ両手を差し伸べた。頬にはひと筋の涙の調べが彼女の心の隙間に、あの頃と同じ愛を請《こ》う様に流れた。そして、彼女の姿そのものは、どんな優れた彫刻家であろうと表現する事のできない、とても深い悲しみと切なさが相まって、もう一度奇跡が起こるのを願っている様に映し出されていた……。

2　事故

彼が運転をしている車のフロントガラスに大粒の雨が打ちつけ、視界を狭《せば》めていた。ワイパーが激しく雨を払うが、前方の大型トラックとの車間距離に不安を感じ、スピードを控えながら走っていた。

トラックのテール・ランプがゆがみながら前方でただよっていた。

雨は急に降り始めたかと思うと、雨あしが激しくなった。

つい二十分ほど前にサイド・シートに座っていた彼女をマンションの前でおろし、自分も家路に向かう途中であった。

彼は、あまり雨の日の運転は得意ではなかった。――自分の住んでいるマンションまでもう少しだからという事もあったのだろう。ふとした瞬間に緊張感がゆるみ、ウトウトと、居眠り運転になってしまった。前方を走る大型トラックとの車間距離は狭まりつつあった。眠気はさらに彼に襲いかかってきた。今、急ブレーキを踏めば、なんとか前方との距離を保つ事ができるはずであった。――しかし、ブレーキは踏まなかった。さらに大型トラックとの距離が狭まっていった。

その時だった。前方を走る大型トラックがブレーキランプを灯しているのに彼は気付かなかった。——そして、車は、そのまま大型トラックの後部へと吸いこまれていった。激しく軋《きし》む音が、雨の降り続く夜の国道に響き渡った。そして、後方からの車も彼の車を追う様にして、一台また一台とぶちあたり、玉つき事故となって事態は急変した。彼の車は、前方の大型トラックと後方からの普通自動車に挾まれ、見ていた者にも痛々しさが感じられるほどのひしゃげたオブジェを造り出していた。

3　再生

彼女は元気を取り戻して、同世代の女の子達と一緒に楽しい青春が送れる事を願っていた。一度目の移植手術を行ったのは十ヵ月ほど前だった。その時は、手術そのものは成功したものの、身体が拒否反応を示し、新たなドナーが見つかるまで再手術は見送られる事になった。――しかし、幸運な知らせが入ってきたのだった。亡くなった方はドナー登録をしていたらしく、そのドナーの臓器が一番適していた患者というのが私だったらしい。臓器提供者は男性で年齢は私と同じだと聞いていた。病院側としては、臓器の鮮度が良いうちに再手術を行いたいと私や家族に訴えかけてきた。目の前が明るくなる様な気がした。私は頑張る。提供してくださる方の分まで一生懸命に生きていきたいと力強く心に誓った。

――もし元気になって退院したら、ドナーの方の御家族にお礼に行こう。それに、この私に臓器を提供してくれた男性の墓参りもしなければいけない……。

彼女の名前は木下奈々子といった。やがて彼女の病室に、彼女の移植手術の主治医と数名の看護婦がやって来た。

一　きっかけ

新緑の移り香は、涼子に紘平という男性との出逢いのきっかけをつくってくれた。

二人の出逢いの場所は、涼子が仕事に行く時に利用する最寄り駅近くの、新しくできたスーパーマーケットの惣菜コーナーである。涼子が品数豊富な惣菜の前で何を買おうか迷っている時に、紘平が割り込む様にして入って来たのだった。

「あのうオバちゃん、この金平ゴボウと、コンニャクと法蓮草《ほうれんそう》の白和え。――それに、肉ジャガと海老の入ったかき揚げをちょうだい」

涼子がモタモタしているうちに、その割り込んで来た青年は迷う事なく自分の欲しい物を注文すると、パックにつめ始めた。

涼子は唖然とした表情で青年の行動を見守っていた。ヤセ型で肌の色は白く、ヒョロっと背が高いだけの頼りない男だった。

青年はオバちゃんにお金を支払うと、涼子には目もくれずに、そそくさと別のコーナーへと行ってしまった。

「な、何なのあの人は……」

半分あきれながら涼子は青年の姿を目で追っていった。

変なヤツ。

「お嬢さんは何が欲しいの？」

惣菜コーナーのオバちゃんが、愛想の良い笑顔を振りまきながら尋ねた。

涼子は相変わらずその場でモタモタしながら、ついさっき青年が買っていった惣菜と同じ物を買う事にした。——さっきの男の人、好きな食べ物が私と一緒なのよね……。

何だか変な気分だったが、不思議と悪い気持ちはしなかった。

涼子はスーパーマーケットから出ると、無意識のうちに、さっきの青年を探していた。しかし、その青年の姿は何処にも見あたらなかった。

気持ちの良い天気だった。柔らかな風に身をまかせながら、涼子は一人で歩いていた。その時、突然涼子の目の前に車が飛び出し、涼子の手にしていた惣菜が入っているビニール袋と接触し、その袋はキレイに空中に舞い上がり、そのまま惣菜は駐車場にベチャリ。その上にタイヤがグチャリ……。

エッ、最悪！

涼子は思わず車の運転席へとつめ寄った。

「ちょっとあんた、私の今夜の夕食がペッチャンコじゃない。どうしてくれるのよ！」

すると、ドアのパワー・ウィンドウがさがり、中からさきほどの青年がヌッと顔を出したのだ。

「ゴメン、ゴメン。わざとじゃなかったんだよ。——許して……」

身体が大きなわりに、気が小さそうだった。あまりにもアンバランスな気がして涼子は怒る気持ちがなえてしまった。

「しょうがないわね。——じゃあ、あなたの買ったお惣菜を私にちょうだい。もちろん、タ、ダ、でね」

「——え?」

「それと、私を家まで送る事、いいわね!」

「……」

涼子はサイド・シートのドア側に回ると、早く開けろとでも言いたげに、ドアを力まかせに叩いた。

——何だよこの女、突然出没したかと思えば俺の車を叩いたりして……。キズつけるなよ、まったく。

「ねえ、あんた早くドア開けなさいよ。このまま逃げる気じゃないでしょうね」

「はいはい。わかりました、わかりました!」

青年は苛立ちながら勢いよくドアを開けた。

ドシン!——え? アッチャー、鈍クサイ奴。

「イッタ～イ！　急に開けないでよ。――ほら、私のお気に入りの服が汚れたじゃないよー」

「キミがドアの近くに立ちすぎてたからだろ」

「何、その言い方、感じ悪い！――よし、予定変更、私を家に送る前に、あなたの家に私をつれて行く事」

「ブッ、何だよそれ。何でキミを僕の家につれて行かなきゃならないんだよ！」

「だってほら、ここケガしてるでしょ。マキロン塗らなきゃ。――マ・キ・ロ・ン」

「……」

青年は口では彼女に勝てそうにないと思ったらしい。シブシブと彼女を乗せると、車のエンジンをかけた。

こんな事が二人の出逢うきっかけとなり、やがて一組の不思議なカップルが誕生した。

洗面台の鏡に素顔をさらして見た。

うん、可愛くなった。——涼子本人が納得する。

ただ長く伸ばした黒髪を、思いっきりショートカットにして明るいトーンに染めてみた。弟から『ゲジゲジまゆ毛』と言われていた太いまゆ毛も細くした。——ただそれだけなのに私の表情は明るくなり、実際の年齢である二十三歳より三つほど若くなった？　と自分では思い込んでいた。紘平とつき合う前までは、化粧などというモノは、いっさいした事がなかった。しかし、今こうして改めて私自身を見つめてみると、変われば変わるものだと自覚した。

ひと月前の事である。化粧をバッチリきめ（服装のほうも）実家に帰った時の事である。

両親も弟の和幸も、変身をとげた私を見て、最初は自分の娘の友人だと思っていたらしい。しかし、涼子であると気付くや、母親はあわてて買い物に行き、その日の夕御飯には、赤飯を炊いたのであった。

「お母さん、これ、何のつもり？」

「ええ？　だって涼子も二十三になってやっと自分が女である事に目覚めたのかと思って……」

母親は私の事をそんな風に思っていたのかと気付く。でも、変身した私の姿を見て心の底から喜んでくれているであろう母親の笑顔を見るのは、一人暮しを始める様になってから数ヵ月ぶりの事であった。私自身も母親に向かってニッコリと微笑んだ。

――そう、私の母は、こんな人なのである。

「じゃあ私は、今まで何だったの？」

「そうねえ……。今だから言えるけど、私もお父さんも最初は産婦人科で自分が産んだ子供を間違えて二十三年間育ててきたのかと思ったのよ」

グサッ！

私の小さな胸に、矢が二、三本つき刺さったかの様な気がした。そ、それじゃまるで、吉本新喜劇のオチにもなりゃしないじゃないのよ！

涼子はそう思いながらも母親の心のこもった赤飯を、口の中にいっぱいほおばった。

「美味しい……」

何だか急に涙が出そうになった。母親の手作り料理を口にするのは、久しぶりの事であった。

心の中に、彼女にしか分からない母親の愛情が胸いっぱいにふくらんだ。――お母さん、ありがとう……。

そばに座っていた和幸も「マジでお姉ちゃんキレイになったよ」と言ってくれた。ただ、次の言葉がひとこと余計だった。

「あとはその貧乳を治すだけだね。へへへ」

「コラ、和幸。余計な事言うな！　胸が小さいのは、お母さん似なの」

涼子は和幸に罵声をあびせていると、母親は涼子の横で自分の胸を無意識のうちに触っていた。

「私、シリコン入れようかしら……」

母親は誰にも聞かれない様な声でボソリと言った。

それを見ていた父親も、読んでいた新聞を畳みながら、

「ホラホラ、食事中なんだから騒ぐんじゃない。涼子、お前キレイになったぞ。それでこそお前はお父さんの娘だ」

あんたの娘だからこそ、ゲジゲジまゆ毛が遺伝したのよ。父親の前で大きな声で言ってやりたかった。そんな父親でも、私にとっては大切な肉親であり、誰よりも父親の事を尊敬していた。

私は久しぶりに家族の温もりと愛を受け止めた様な気がした。両親は私や和幸の事をいつまでも子供扱いするが、今日にかぎっては、それもまたいい事なのかもしれないと思った。いつだって私には、温もりを求められる場所がある。私にしか分からな

い愛情が、この場所にはある。そう思ったとたん、何だか目頭に熱いモノが込み上げてきた。

私が恋に落ちてから日増しに可愛くなる事を、紘平はとても喜んでいた。

「涼子は会うたびに可愛くなるね」

紘平が耳元で囁きかけると、私は一瞬にして耳も顔も真っ赤になってしまった。

やだもう、テレるじゃない！　私は心の中でそうつぶやいてみせる。

そうそう、こんな事もあった。私が変身をとげた日の職場のムードがいつもと違っていた。そう、若い男性社員の視線が苦しいまでに私に注がれていた。そして、その中の私と同期入社した佐藤がこんな事を言った。

「妖怪ゲジャムーが変身したぞ」

ゲジャムーとは、以前私がゲジゲジまゆ毛だった頃に同期の佐藤が私にプレゼントしてくれた屈辱的なニックネームである。

その後私は、先輩の男性社員から、「つき合ってくれないか」と言われたりしたけれども、私はそのたびに『ノー』と、袖にしてきた。——だって、私を変身させてくれたのは、誰よりも私の事を理解し、愛してくれている紘平なんですもの……。

それに、こんな事もあったっけ。私が化粧室でメイクを直しているところに、一年先輩の加奈子さんが入って来て、いきなり私に、「涼子、ステキじゃない。見直したわよ。同性の私から見ても、すごくステキに見えるわよ。ねえ涼子、彼氏でもできたんでしょ？」そう言いながら、ヒジで私の事をつついて来た。

へへへ……。私の彼、紘平って言うんだよ！　声を大にして自慢したい気分だった。

私のこれからの運性、急上昇！

私は変身したのよ。もう誰にも馬鹿にされない。

それ以来私は、何事に対しても積極的になった。仕事にもやりがいを感じ始めていた。

——そう、すべては紘平のおかげだった。
紘平、私は誰よりもあなたの事を愛しているからね。

二　紘平

部屋でテレビを見ていたら、携帯電話が鳴った。

「はい、涼子です。あ、紘平?　え、ドライブ?　行く行く。キレイな風景が見下ろせる様な所がいいな。いつ行くの?　今週の日曜日?　オッケー。じゃあ楽しみにしてるから」

やった!　今度の日曜日、紘平とドライブだ。いつになく涼子の心ははずんでいた。

以前までの私には、こんな幸せが訪れようなんて一度も考えたりはしなかった。いつも家と仕事場の往復だけで、毎日代わりばえのしない生活を送っていた。でも今は、私の中に紘平という存在が生まれてから、毎日の生活にも張りが出てきたし、一日一日を過ごす事の楽しみを味わえる様になった。私の中の狭い生活空間が、急に幅を広げ、私自身を魅力的な女性へと変身させてくれる。

私は、自分自身に誓った。毎日の時間《とき》をムダにせずに生きよう。紘平との幸せな関係を、背伸びする事なく、今という二人の大切な時間を育み続けよう。愛する人への思いやりや、価値観、考え方を充分に理解する様に努めよう。そんな想いの一つ一つを胸に抱きながら、その事柄が私の中で強く育っていった。

中学、高校の六年間、紘平はバスケットボール部のレギュラーを務めていた。

中学へ入学したての頃は、さほど背は高いほうではなかった。しかし、バスケット部に入部して以来、背がグングンと伸び始めた。中学二年生から三年生にかけての一年間で、身長が十五センチも伸びた。その後も伸び続け、今では身長が百八十七センチにもなった。体格は細かったが、筋肉がすごく発達していた。

両親が共稼ぎだったせいか、日頃は父親側の祖父母が紘平の面倒を見ていた。その影響もあってか、紘平は心の優しい少年期を過ごしてきた。年齢のわりには、落ち着いた性格で、どちらかと言えば、おっとりとしていた。しかし、幼年期の頃は人見知りの激しい子供だったと、大きくなってから両親から聞かされた。

紘平の心の中に今でも強く根付いている思い出の一つ、それは、まず彼が小学校の低学年の頃に遡る。

学校の帰り道に仔犬が一匹捨てられていた。雑種だったのだが、とても愛嬌たっぷりの仔犬だった。彼はその仔犬の入っているダンボール箱の前に佇《たたず》むと、仔犬を胸に抱き上げた。仔犬はシッポをパタパタと大きく振って喜んでいた。仔犬の鼻先に自分の鼻を近づけると、キャンキャンと鳴きながら彼の鼻先をペロペロとなめまわした。

「ハハハ、やめろったら。くすぐったいよ。お前、可愛い奴だな」

仔犬にそう話しかけると、自分の額を仔犬の頭にこすりつけながらグリグリしてあげた。

紘平は家に帰る事も忘れて、仔犬と日が暮れるまで戯れていた。そして、ハッと気が付いた時には、辺りは薄暗くなっていた。

この仔犬を家につれて帰りたかった。——よし！　紘平は仔犬を抱き上げ、家路へと向かった。仔犬は紘平の胸の中で抱かれているあいだは、ずっと彼の顔を見つめながら、幸せそうな表情をうかべていた。

玄関の前まで辿り着いた時、紘平はイヤな予感がした。それは、野良犬を拾ってきたのはいいが、両親に後で叱られるのではないか？　という不安だった。

紘平は仔犬の頭をなでながら、玄関の前をうろうろしていた。そんな行動を取りながら、玄関の前で何分過ごしたであろうか。

やがて空からポツリポツリと雨が降り始めてきた。今さらこの仔犬をもとの場所へ捨てに行くのも気がとがめた。そして、よい考えもうかばないまま仔犬を胸に優しく抱きしめたまま玄関の前に蹲《しゃが》み込むと、ウトウトし始めてしまった。

「ねえコウちゃん、起きてよ。起きてよ！」

耳元で紘平を呼ぶ声が聞こえた。小さな男の子の声だった。

「眠いよう……」

紘平はゆっくりと目を覚ますと、彼の目の前に、五歳くらいの男の子が立っていた。

その男の子は、とても人なつっこい大きな瞳をクリクリさせながら眠そうな顔をしている紘平に微笑みかけていた。

「キミは誰なの？」

「コウちゃんは僕の命の恩人。でも、そろそろ帰らなきゃ」

男の子は大きな瞳をほんの少し潤ませながら紘平に言った。

「何で？　何でそんな悲しくなる様な事言うのさ。ほら、雨も降ってきたし、今日は僕の家に泊まって行きなよ」

男の子は、ほんの一瞬だけ微笑んで見せたが、またすぐに悲しそうな表情をうかべた。

「コウちゃんは優しいんだね。でも、僕がコウちゃんの家に入ったら、きっとパパとママはコウちゃんの事を怒るよ。僕、コウちゃんがパパやママに怒られているところ見たくないんだ……。だって、とっても胸のあたりが苦しくなるから……」

男の子は紘平にそう言い残すと、走って姿を消してしまった。

紘平は泣きながら、男の子が走り去った方向に目を向けながら立ちつくしていた。


ゴツンという鈍い音で、紘平は目を覚ました。雨は激しく降り続いていた。

「あれ？」

つい先ほどまで胸に抱いていたはずの仔犬が姿を消していた。

心配だった。——今しがた見たばかりの夢が、子供ながらにも正夢ではないかと感じたからである。紘平は傘もささずに、男の子が走り去った方向へと走り出した。角を曲がった道端に、何やら小さな塊が佇んでいた。紘平はその塊に恐る恐る近づいて行った。

「……」

その道端に佇む小さな塊は、少し前まで紘平の胸の中で無邪気にはしゃいでいたあの仔犬だった。

「何で、何で死んじゃうんだよ。さっきまであんなに元気だったのに……」

車に撥ねられたらしい。頭部からかなりの出血があった。

顔に激しい雨を受けながら、頬につたう涙はその雨のしずくに優しく慰められていた。

紘平はやりきれない想いをかみ締めていた。

——そんな命の儚さを知ったのは、紘平が十歳になる秋の出来事であった。

もう一つの思い出は、同じクラスメイトだった女の子の事である。その女の子の名前は、たしか木下奈々子といった。紘平と奈々子は、よく口ゲンカをしていた。

「ねえ紘平君、また掃除当番さぼる気?」

奈々子は見上げる様にしながら紘平を睨んだ。

「いいじゃん。掃除なんか面倒くさいよ！」

「そんな事ばかり言って、いつも私に掃除を押しつけて。あなたって最低よ！」

「うるさいんだよ。これから部活に行かないと、大切なレギュラーを別の奴に取られちまうからさ。——なあ木下、カンベンして」

紘平はそう言いながら奈々子に手を合わせた。

「もう、ダメったらダメ！　先生に叱られるの私なんだからね」

「気にすんなって。お前成績も良いんだし、先生も許してくれるって」

「そんな問題じゃなくて、責任感の問題なの！」

「ウッセーよ！　この姑ババアが」

二人の口ゲンカは、しょっちゅうだった。クラスメイトの中では、紘平と奈々子が結婚したら、意外と仲の良い夫婦になるんじゃないかなどと、無責任な噂が広まったぐらいである。

そんな紘平ではあるが、本当はかなり奈々子に甘えていた。テストが近づくと、彼女からテストに出るだろうと予想される範囲を教えてもらったり、宿題を忘れたりしたら、ノートを写させてもらったりしていた。紘平にとって、都合のいい女でありながら、内心では彼女の事を自分の母親と重ね合わせて見ている部分が多かった。――そう、だらしない自分をしっかりと叱ってくれる性格が自分の母親とだぶって見えたからである。まだ恋愛感情とまではいかないにせよ、奈々子に対して、かなりの好感を持っていた事だけはたしかだった。

そんな二人の関係は、中学二年生の新学期から冬休みに入る少し前までの数ヵ月間だった。

「ねえ紘平君、ちょっと話があるんだけど……」

「何だよ、俺、部活で忙しいんだから話は短めにしてくれよ」

奈々子は背の高い紘平の前に立つと、少しの間俯《うつむ》いていた。

「私、冬休みに入ったら、お父さんの仕事の都合で千葉の方に引っ越してしまうの……」

「え？」

一瞬目の前が暗くなった。

「お前、転校しちゃうのかよ」

「そう。紘平君とはケンカばかりしていて、素直に自分の気持ちを話す事も出来なかった……。実は私、紘平君の事……」

奈々子は、そこまで言いかけると、瞳を切ない涙でうるませた。

「お、おい、泣くなよ。何だか俺がお前の事を泣かせてる様に見えるじゃないか」

「そうよ。紘平君が悪いのよ。だ、だって紘平君、私の気持ちなんてちっとも分かってくれないんだもん」

「――」

この時初めて紘平は、自分自身がどんなに愚か者だったかを思いしらされた。

木下はこんな俺の事を……。

「紘平君、元気でね。何年たっても私の心の中の大切な人でいてね……」

奈々子はそう言うと、日頃から自分が大切にしていたブローチを紘平に手渡した。

奈々子が引っ越してからの一、二ヵ月は、電話などのやり取りをしていたが、紘平が中学三年になり、後輩の彼女が出来た頃を境に、奈々子との連絡を取らなくなった。

紘平の思い出話ならいっぱいあるのだが、彼に語らせると一日中でもしゃべってしまうので、これくらいにしておこう。

三　潮騒の記憶

待ち遠しい週末が訪れた。

キラキラと眩しい陽射しが、薄いカーテンを通して彼女の顔を刺激した。

目覚めは良好。気分爽快。心はウキウキ！　そう、今日は紘平と二人きりでドライブに行くのだ。

涼子はTシャツを身にまとっていた。そして、外の景色を眺めながら大きく背伸びをした。

すがすがしい気分だった。涼子と紘平の二人は、ドライブがてらにピクニックとシャレ込もうと考えていた。前日のうちに買っておいた白ワインのボトルは、適度に冷えていた。――よしよし、良い感じ。

涼子は押し入れの中に眠っていた大きめのバスケットを引っ張り出すと、その中にワイングラスを二つ丁寧に紙ナプキンに包み入れ、そのワインに合ったつまみになるカマンベールチーズなどをつめ込み始めた。

ワクワクしながら紘平が迎えに来るのを首をながくして待っていた。あと三、四十分もすれば、紘平が私の部屋のベルを鳴らしに来るはずである。

紘平を待っている間、涼子は何度も自分の顔を鏡に写しては、髪をいじったり、化粧の出来映えを確認していた。

時間が近づくにつれ、涼子はソワソワして落ち着きがなくなっていた。


ピンポーン。

「ワッ、紘平だ」

涼子は狭い部屋の中をドタドタと走りながら、ドアを開けた。

「紘平いらっしゃい！」

紘平は「お待たせ」と言って柔らかな笑みをうかべた。

テヘヘ……。涼子は紘平の笑顔の前ではデレデレである。もし、今の顔を鏡に写したら、きっとだらしなく鼻の下を長く伸ばしているのだろうと、涼子は思っていた。

紘平が大きなバスケットに気付き、中身は何が入っているのかと涼子に尋ねた。

「それは後のオ・タ・ノ・シ・ミ」

涼子はそう言うと軽くウインクした。

二人は笑顔で互いの今の気持ちを確認しながら、車の中へ乗り込んだ。

サイド・シートに乗り込んだ涼子は、膝の上に大切そうに大きなバスケットを置いた。

紘平が車のエンジンをかける。そして、カー・オーディオに涼子の大好きな曲だけをダビングしたカセットテープを入れる。やがて車が動きだすと同時にイントロが流れ始める。最初に流れ始めた曲は、ミーシャの『エヴリスィング』だった。涼子はその曲を口ずさみながら小さな子供の様にはしゃいでいた。

幸せだった。今、私の横には最愛の彼《ひと》がいる。彼の運転している横顔を見つめるのが好きだった。運転をしている時の彼の顔は、ちょっぴり神経質そうにも見えるが、私と目が合った時は、必ず優しい笑顔を返してくれる。一見物静かそうな性格の内側には、一本の強い意志が感じられた。その意志の強さは、もちろんこの私の事を心の底から信頼し、誰よりも私の事を愛しているのだという強い心の叫びを常に感じさせ、優しく包んでくれる。私は本当に幸せ者だ。紘平とだったら、どんな辛い事がおころうとも、助け合って生きていける自信があった。私はそんな想いを胸に抱きながら、いくつもの甘いラヴソングのフレーズを思いうかべては口ずさんでいた。

途中、道路の渋滞に巻き込まれながらも、何とか目的地へと向かって走る事が出来た。

やがて窓ガラスの狭間から、淡い潮の香りが舞い込んでくるのを感じた。

涼子は海のある土地で生まれ育ったわけではないのだが、何となく懐しい思いにさらされていた。

淡い潮の囁きは、二人の心をつなぐ赤い糸に心地よく語りかけていた。

涼子の靡《なび》く髪からは、シャンプーの香りと共に夏の始まりを待ち遠しく思う純粋な女心を醸し出していた。そんな彼女の移り香は、紘平の胸をときめかせた。

「ねえ、ほら、海だよ。海が見えてきたよ」

涼子は窓ガラスを全開にすると、しなやかな白い指先を海の見える方角へと指し出した。

水平線が陽射しをあびて、それはダイヤを散りばめたかの様に美しく輝いていた。その輝きに魅せられた紘平は、目を細めながら涼子の顔を見つめた。輝きはまるで涼子が自ら放っているオーラの様にも見えて、一瞬、紘平の胸がドキンとした。

「わあ、きれい！」

素直な気持ちを、そのまま口にしてみた。

輝く海面は、少しずつ二人の目の前に広がりを見せると、そんな幸せな二人に手まねきをしてきた。

自分の気持ちに素直になれそうな気がした。

海岸線を走り続けて行くうちに、二人の心はキラキラ輝く大海原へと引き寄せられていく様な気がした。

「やっと着いたね」

笑顔で話しかける涼子の顔は、いつも以上に輝いていた。

車から降りると、海に向かって大きく背伸びをした後、深呼吸をしてみた。澄みきった空気が体内に入り、身体の中を元気よくかけめぐっている様な気がした。

「今年もこの場所に来れてよかったね」

涼子はすがすがしい顔をしながら、横にいる紘平に寄りそった。

ささやかだけど、紘平とこうして一緒にいられる時間を何よりも愛しいと思った。

紘平は優しく涼子を抱き寄せると、彼女の額にそっとキスをした。

「紘平……」

涼子のうるんだ瞳が、紘平の愛の深さを探り始めた。

二人は手をつなぎながら、小高い岩の上へ歩き始めた。紘平より先に岩の上に立った涼子は、両手で望遠鏡の型を作り、左から右へと海を一望した。

「今さらだけど、海は広いのね。——そんな海から見る私は、とっても小さくて、それでいて非力で、小さな小さなアリの様な存在なのね……」

紘平はドキリとした。彼の見た事のない涼子の一面を見た様な気がしたからだった。ほんの少しだけ切なげで、ほんの少しだけ彼女の大人の色気の様なモノを感じ取ったからである。

紘平はそんな彼女に笑いかけると、彼女より一歩前に進み、海へ向けて背中を見せた。そして、左右に長い足を広げると、股の間から海を眺めた。

「紘平ったら。子供みたい！」

涼子は笑いながら、紘平のその姿を見つめていると、紘平が「涼子も一緒にやってごらん」と言い出した。

「えっ、私もやるの？　やだあ！　私、スカートだもん」

紘平はそんな事もおかまいなしに、いいからやってみろよと言い張った。

「しょうがないわね。はずかしいからスカートの中、のぞかないでね」

涼子は、スカートのすそを膝上までたくし上げ、はずかしそうに股を広げ、その間から海を眺めた。

「わあ、何だか不思議、景色がまるっきり違って見える！」

涼子はそのままの姿勢で別の方角を眺め始めた。

紘平はそんな涼子から少し離れると、胸のポケットからカメラを取り出し、涼子の姿を撮った。

「ちょ、ちょっと紘平、何するのよ！」

紘平は「なかなかいいアングルだ」と言いながら大はしゃぎ。そして、そんな紘平にケリを入れる涼子。

「紘平、おなかがすいたね」

辺りを見渡しながら、二人は木陰にもぐり込むと、早速ランチの準備に取りかかった。

畳一畳ほどのシートを敷くと、二人はその上に座り、涼子の持参した大きなバスケットからワインやチーズ、それにクラッカー、フライド・チキン、サンドイッチ、おにぎりなどを取り出した。

「もう私、おなかペコペコ」

涼子は、二つのワイン・グラスに白ワインを注ぐと、グラスの一つを紘平に手渡した。

「それじゃ乾杯！」

カチン！――グラスの澄んだ音が響く。

軽くひと口飲んだ後、グラスを満たしている白ワインを通して海の景色を眺めた。グラスに映る海は、淡く黄金色に染まり、涼子の手の中で神秘的な空間を閉じ込めていた。――それは静かに佇み、時間《とき》の流れを忘れさせてくれた。

耳をすますと、さざ波の音、海猫の啼く声、漁船の音……。すべての音が潮風に舞い踊りながら、涼子の耳を楽しませてくれた。

どこまでも続く青空は、手を伸ばせば摑めそうだった。

「紘平、このワインを飲み終えたら海辺へ行ってみようよ」

潮風に玩ばれている前髪を軽く押さえながら涼子が言った。

その時、紘平の頭の中に、一つのアイディアが思いうかんだ。

「何、いいアイディアって?」

それは、空《から》になったワインボトルの中に、互いの愛の言葉を封じ込め、コルクで栓をし、それを海に流すというものだった。

「わあ、すごくロマンティックね」

二人は早速紙ナプキンに愛の言葉を綴ると、ボトルに詰めてコルクで栓をした。

「これでヨシ。後は海に流すだけね」

海水浴には、まだ時期的に早い。しかし、沖の方を眺めると、ウィンド・サーフィンを楽しむ若者達の姿を見かける。砂浜では、何組かのカップルや家族づれが日光浴をしていた。

涼子は裸足になると、はしゃぎながら海の方へと走り出し、手にしていたボトルを沖に向けて思いっきり投げ込んだ。

「コラ！　そこの娘、何してるんだ。海にゴミを捨てるんじゃない」

ウヒャ！

涼子がびっくりして声のする方へ顔を向けると、少し離れた所に、麦わら帽子をかぶったおじさんが、顔を赤くして涼子にどなりつけていた。

「紘平、ヤバイ逃げよう」

二人は一瞬顔を見合わせてから、一目散に逃げ出した。

二人は、おじさんの姿が見えなくなったのを確認すると、その場に立ち止まり、大きく息をついた。

「ムードが台無しね」

涼子はそう言って、紘平に優しく微笑んだ。

そんな涼子の姿を、数人の海水浴客が不思議そうな目で眺めていた。

涼子はスカートを太もものところまでたくし上げると、ゆっくりと浅瀬の中へと足を踏み入れていった。白いふくらはぎが、水面に反射している光と共にキラキラと輝きを放っていた。

膝の下まで海水に浸かると、ひんやりとした心地よい冷たさが全身をかけめぐっていった。

いつのまにか、二人の心は童心に戻っていた。

「水着を持ってくればよかったね」

涼子はしゃがんで海水に手を触れながら、眩しそうな顔をして沖を眺めている紘平に投げかけた。

紘平は何も語らず、微笑みながら頷いた。

強い陽射しが二人に照りつけていたが、日焼けなど気にもせずに、涼子は浜辺で遊んでいた。

遊び疲れると、沖を眺めながら肩を寄せ合い、砂浜に座った。

「紘平、こうして肩をならべて夕日を眺めていようよ……」

そう言ってから、涼子はゆっくりと彼の肩に頭をもたせかけた。

遠くから波の音が聴こえる。沖の方から、恋人達に愛の詩《うた》を語りかけている様だった。溶け入りそうな甘い夕日が、穏やかな波の調べと共に心をくすぐり、二人の想いを一層親密なモノにしていった。

胸の高鳴りは、早いテンポのメトロノームの様だと涼子は思いながら、紘平の事だけをいつまでも見つめていた。

何か言いたげで口を閉じてしまうとまどいが、キュンと涼子の胸を締めつけた。

涼子は紘平の素顔をもっと近くで見つめていたい衝動にかられた。ぎこちなさが羞《はにか》む気持ちと共鳴し、コケティッシュな涼子を演出していた。

「ねえ、キスしよう……」

甘い声で涼子はキスを求めた。

右手で紘平の左胸に触れた。そして指先に紘平の硬くなった乳首の感触を受けながら、互いの唇を求め合う。

紘平の唇が涼子を優しく包み、彼女の全身に快感が走り抜けた。

潤んだ瞳は、紘平の存在だけを信じて、狂おしく輝いていた。細くて長いまつ毛が涼子の感受性そのものを語っている様で、息苦しさにも似た切なさが、紘平の心の中をかき乱した。

「離さないでね、私の事……」

涼子は紘平の耳元に囁きかけながら、キスを求め続けた。

涼子の肉体は、熱くほてっていた。

時間がたつにつれ、人影はまばらになっていた。

水平線は少しずつオレンジ色に支配され、今日という日を名残惜しむかの様に、切ない想いを二人に投げかけながら浄化されていった。

潮風はほんの少しだけ肌寒さを感じさせていた。

二人はいつまでも寄りそったまま、辺りが暗くなるのを待っていた。


二人は車に戻らずに、そのまま岩陰へ身を寄せた。岩が視界をじゃまして、お互いの顔も姿も見る事は困難だった。高まる胸の鼓動だけを頼りに、そっと寄りそい、互いの身を労《いたわ》る様に抱き合い、唇をいつまでも求め続けた。

静寂が、目に見えるすべてのモノを浄化させ、愛の営みを優しく許していた。

紘平の指先は、別な意志でも持ち始めたかの様に、涼子の服を脱がし始めた。

二人の吐息も、胸の高鳴りも頂点を極めた。

暗い岩陰で二人は初めて互いの裸身をさらけ出した。

紘平は優しく涼子を横にさせた。岩肌の冷たさが涼子の背中に触れると、彼女は小さく身を震わせた。

むき出しの涼子の素肌はなめらかで、紘平の大きな手でつかめば儚《はかな》く溶け入りそうな繊細な温もりと、甘い芳香を放つかの様な弾力を維持していた。

震えていた。敏感に反応する快楽から呼び出されてくる震えだった……。

瞳は喜びの涙を呼び醒し、ずっと紘平だけを見つめていた。

「――優しくしてね……」

涼子は小さく震えた声で、紘平の耳元で囁いた。

胸の鼓動が紘平に気付かれそうで恥ずかしかった。

優しい愛撫が涼子の肉体に喜びを与え、やがて二人は一つになり、満たされた愛へと落ちていった……。

「――ねえ、落ちよう。どこまでも深い私たちの同じ愛の中へ……」

涼子のあまりにも切なすぎる言葉に、とまどいを感じながらも、紘平は愛さずにはいられなかった……。

四　激愛

涼子と紘平は、週末を迎えるたびに、互いの身体を求め合う様になっていた。

長い梅雨も終わり、本格的な夏の訪れを感じていた。

夏の青空は心のときめきを誘い、夏の香りは、心を開放していった。

遠くから蟬の鳴く声を耳に、夏の訪れを身体いっぱいに受け止め、涼子も紘平も愛を大切に育み続けていた。ゴージャスなんかいらない。ただ本気の愛を背伸びする事なく感じていたいだけ……。

紘平は涼子の部屋に遊びに来ていた。夜風は昼間の蒸し暑さを忘れさせてくれた。

南向きのサッシを開け放ち、二人は俯せになりながら、虫の声を音楽がわりにして、かき氷を食べていた。涼子は苺味を、紘平はレモン味を堪能していた。

チリチリン。

風鈴の音が涼しげな音色を奏でる。

「久しぶりに食べるかき氷って美味しいね」

涼子は紘平に微笑んだ。

べー。

涼子は紘平に舌を見せた。

「涼子の舌は真っ赤だよ……」

紘平はそう囁きながら、涼子に顔を近づけると、苺シロップで真っ赤になった彼女の舌先を優しく吸った。

胸が大きく高鳴った。


その後二人は、花火と水の入ったバケツに虫よけを手にして、近くの公園で夕涼みをしながら、花火をする事にした。

涼子はシャワーをあびた後、浴衣に着替えていた。

「ねえ紘平、浴衣に着替えるまで覗かないでね」

涼子は羞む様にして紘平に話しかけた。

涼子の全身から、柔らかなボディー・シャンプーの香りがした。

紘平は少しの間、壁に寄りかかりながら外を眺めていた。

チリチリン。

夜風に触れて涼しげな風鈴の音が紘平の心を和ませた。安らかな彼の心の中には、彼女との近い将来が描き出されていた。今よりももっと幸せな将来を……。

「紘平、準備できたよ」

涼子は微笑みながら紘平の前に歩み寄ると、軽くターンして見せた。

「よく似合うよ」

紘平は素直な気持ちを口にした。

彼女が着ている浴衣の襟足から見える白いうなじが紘平の目にはとても眩しく映っ

た。

パチパチパチ……。

二人はならんで線香花火の艶やかな炎に目を奪われていた。

「一瞬の美しさって、何だか切ないね……。まるで愛する人に出逢った頃と、別れる頃をわずか数秒の物語に閉じ込めてしまったみたいで……」

涼子はめずらしくセンチメンタルになっていた。そして、切なさに打ち拉《ひし》がれたかの様な潤んだ瞳で、紘平の心の中を一生懸命に読み取ろうとしていた。

「ねえ、私達の関係もこんな花火の様なものなのかしら……」

紘平は何も語らなかった。その代りに、涼子を優しく抱き寄せると、彼女の痛手を自分の心の痛手として受け取る様にして、頰に軽くキスをした。

夜の香りは、二人にとって、とても優しかった。そう、いつまでも、どんな時でも、互いの気持ちを素直に語る事のできる五線紙の様だった……。

こんな二人の愛の調べの様に、どんな時代が来ようとも、どんな困難がおころうとも互いを信じたい。未来を信じたい。そして、すべてを愛したい……。


二人は部屋に戻ると、とても自然なかたちで互いの唇を求め合った。

涼子は紘平の優しいディープ・キスが好きだった。

「ね、ねえ紘平、私達って花火じゃないよね……」

涼子は再び紘平に問いかけたが、答えは返ってこなかった。

紘平はキスをしたまま涼子の着ている浴衣をはぎ取った。中から白い胸があらわになると、紘平は胸の谷間に顔をうずめた。

「ああ……。ねえ紘平、私の質問に答えてよ……」

涼子はもだえながら、紘平の返す言葉を待ち続けていた。

「大丈夫。俺達は花火じゃないよ……」

「よかった……」

涼子は涙まじりの小さな声で、安心したかの様に呟くと同時に、快楽の中へ落ちていった。

涼子の身体は、紘平から受ける愛撫にとても敏感に反応していた。つい、大きな声を出しそうになり、紘平の左肩を強く噛んだ。

紘平は肩の痛みに表情を歪めたが、すぐに優しく受け止め、彼女の耳元で愛の言葉を囁いた。

紘平の指先が涼子の下半身に触れた。

「紘平、待って……。シャワーを使わせて……」

浴衣に着替える前に一度シャワーをあびているのだが、紘平に抱かれる時は、もう一度全身をキレイに洗っておきたかった。

二人はゆっくりと立ち上がると、紘平はベッドへ、涼子はバスルームへと向かった。

冷たいシャワーは、涼子の火照った裸身を少しずつ慰《しず》め、心地よく包んでくれた。頭から直接シャワーをあびながら、胸の高鳴りを手のひらで優しく押しとどめる様にしていた。――今、この場所には、紘平しか考えられない私があった……。

丹念に全身を洗い続けた。――私の身体は紘平だけのモノ……。

バスタオルで身体を包み、バスルームから出ると、紘平がその場に立っていた。二人は軽くキスすると、入れ替りで紘平がバスルームの中へ入って行った。

涼子はタオルで髪を拭きながら、冷蔵庫から冷えたワインを取り出し、グラスに注いだ。

紘平にも話していない秘密があった。それは、紘平に抱かれる前に涼子は必ずワインを口にする事だ。このワインは、私と紘平との心と身体をいつまでも大切につなぎとめ、互いの愛を紡ぎ続ける為に、とても重要なモノ――と、私の意識の中で心がけている習慣であった。紘平に抱かれる時にだけ口にする愛の媚薬……。

冷えたワインを口にする。紘平の愛を求める血の猛りが一層高まり、すべての五感が紘平の愛を受け入れる為にスタンバイする。少し離れているだけなのに、紘平からずっと愛撫を受け続けている様な錯覚に落ち入ってしまう……。

バスタオルを巻いたままベッドに横になり、紘平を待ち続けた。

やがてシャワーの音が止み、バスルームから紘平が出て来る気配がした。


「電気を消して……」

涼子が紘平に身も心も許す時、いつもそこには闇が佇んでいた。

何度となく紘平に抱かれ、すべてを委ね続けていたつもりだったが、涼子は決して明るい所で裸身をさらす事はしなかった。そして、紘平もまた、その事に対し疑念を抱く事もなかった。

部屋は薄暗く、二人の存在だけが狂おしくゆらぎ続けていた。

紘平が涼子の背後に横たわり、優しく抱き寄せてくる。――その仕草だけで敏感になってしまう。

涼子はしなやかに向きを変えると、正面から紘平をゆっくりと受け止める。

全身の感覚は、すでに頂点まで達していた。紘平のいたずらな指先が、涼子の髪をなで上げる。――ただそれだけで、全身がスパークし、鳥肌が立ちそうなほどゾクゾクした。

時の流れよりも静かに、快感が愛しいその素肌の表面を通り抜ける。こきざみに肌が震えている。額や頬、耳たぶや首筋に、唇がはう。――そして、目眩《めくる》めくほどの快感が涼子の脳裏をかすめながら消えて行く。

「ねえ、紘平だけずるいよ……。唇にキスして……。早く」

涼子が紘平に唇を近付けようとすると、後ずさりして、もどかしさに苛立ちを覚える唇を優しくはぐらかす。

「――もう、いじわる……。私の、私のキスを受け止めて……」

紘平のそんな仕草までもが、涼子にとって激しい刺激となっていた。——そして、涼子の狂おしい情熱の瞬間を紘平は優しく受け止めた。紘平の首筋に両腕を巻き付け、力まかせに引き寄せると、紘平の唇に自らの唇を押し付け、柔らかな甘い舌先をすべり込ませた。二人は長い長いディープ・キスを続けながら、互いの肉体の許し合う奥深くまで、のめり込んでいった。

残念な事に、紘平と一つになっていた時の記憶は、あまりの快楽の為に脳裏に焼きつける事はできなかったが、私の肉体だけは、紘平から受け取った甘い時の流れを記憶しているはずだった。

その記憶を呼び醒ます為にも、私だけの愛の媚薬であるあのワインが必要であった。優しくなれた。素直になれた。隠し事もなく、すべてを相手に投げ出した。二人は愛の宴《うたげ》に満喫すると、ゆっくりと深い眠りへと落ちていった。

涼子は夢を見ていた。とても柔らかで、ついウトウトしてしまいそうになるほどの心地よい空間に我が身を委ね佇んでいた。

優しくほがらかで、つい甘えてしまいたくなる様な肌触りと、幾重にも連なる淡く狂おしいまでの追懐……。私はそれをどんな時でも、どんな場所からでも探し出す事ができる。記憶という名のコンパスと、肉体という名の地図を携えて、私は一人のトレジャー・ハンターとなり、世界に一つしかない宝物を見つけ出す。私にとって、なくてはならない宝《もの》。それを探し求める為ならば、私は命を悪魔に捧げてもかまわない。

——だってそこには、こんな私に優しく微笑む紘平の素顔があるのだから……。

五　親友

職場の女子更衣室で、同僚の武田亜紀子と一緒になった。

亜紀子と私は、仲が良く、昼休みには一緒に昼食を食べたりしていた。背がスラッと高く、高校時代には、バスケットでインターハイに出たという女性だった。どんな状況に置かれても、心の底から自然に湧き出る彼女の笑顔はとても素敵で、同性の私が接していても甘く溶けいりそうな気持ちにさせられてしまう。それが彼女の持つ天然の魅力ともいえた。

「ねえ涼子、今日仕事が終わった後に、二人で久しぶりに飲みに行こうか?」

「そうね。とくに今日は予定も入ってないしオッケーよ」

「じゃ、決まり」

二人は店に入ると、カウンター席に腰を落ち着かせた。

「とりあえず、生ビールで乾杯ね」

亜紀子はそう言いながら、涼子にウインクした。

私は横から彼女の笑顔を見つめていた。とても魅力的だった。時々、彼女の笑顔を見つめていると、ジェラシーを抱いてしまう時がある。こんなに魅力的な女性なのに、あまり男性には興味がないらしい。

私なりに彼女を分析した事がある。彼女は中学、高校とバスケット部に所属していて、バスケットに夢中になりすぎて、男の子たちと一緒に遊んだりだとか、個人的に好きな男の子とデートをしたりといった関係を持つ事がなかった様子である。

それに、女性としては身長が高いという事もあって、自分の身体の大きさに対してコンプレックスの様なモノを持っていたに違いない。だから普段では異性に対してなれた素振りを見せたりもするのだが、本質的には、男性に対してかなりの内向的な部分があるはずである。――でも、そんな亜紀子の女性らしい部分が、私はとても大好きだった。

やがて二人の手元に、よく冷えたジョッキに入った生ビールが届いた。

「うわあ、美味しそうだね！」

私達は、ちょっぴりうかれながら乾杯した。

二人のジョッキが、カチャンと涼しげな音を奏でる。そして、同時に生ビールに口をつけた。

「プハ〜。何で夏はビールがこんなに美味しく飲めるんだろうね」

「それはね、――それは、夏だからじゃないの？」

「……」

――亜紀子、あなたには悪いけど、それって、そのままじゃん。

亜紀子がわざとトボケて言っているのか、本気で言っているのか涼子には理解できずにいた。亜紀子の事だから、知的に話し始めるかと思っていたので、心の準備が出来ていなかった。

「涼子、タバコ吸ってもいいかしら？」

「うん、いいよ。あれ？　亜紀子ってタバコ吸ってたっけ？」

亜紀子はバッグから一本取り出すと、吸い始めた。

「最近よ。最近始めたのよ。タバコなんて身体にも良くないし、髪の毛にも匂いがつくの分かってるんだけどね……」

亜紀子はそう言いながら思わせぶりな態度を見せた。

「亜紀子、何いまの言い方。何かあるんでしょ？」

涼子は疑う様にして彼女の顔をのぞき込んだ。

「へへ。実はね、涼子には話してなかったんだけどね、うちの商品企画部で主任をしている原田さんとつき合っているの」

「え？　ウッソー。原田さんってあの小柄で色白の右目の下にホクロがある人でしょ？」

「そう。涼子あの人の事知ってるの？」

「いや、何度か挨拶したくらいだけど……」

亜紀子には本当の事は言えなかった。以前、私が変身してから間もない頃に、告白された事があるからだった。もちろん私は、紘平という大切な恋人がいるので、彼からの告白を受け入れはしなかった。――そうか、そうだったんだ。亜紀子が原田主任とね……。

原田という男がどんなタイプの男なのかは涼子自身もよく知らなかった。ただ、礼儀正しい男であるのは、分かっていた。

「――それでね、彼ったら、あんな風に見えて、けっこう強いのよ」

「え？」

突然だったので、涼子は赤面してしまった。まさか亜紀子の口からそんな言葉が出るとは思わなかったからだ。

「やだ。涼子、変に勘違いしてない？　赤面したりなんかして。強いってアノ事じゃなくて、お酒よ。やだ～」

「フー、びっくりした。私は思わずセッ◯◯の事だと思ったじゃないの！」

「ハハア。涼子は紘平さんって人と逢う時は必ずやってるんでしょ？　よく見ると肌のツヤもいいしね」

「や、やだ、亜紀子やめてよ、そんな話……」

思わず紘平との夜の営みを思い出してしまいそうになった。

二人はそうやって、互いの恋愛話を熱く語り合った。

「ねえ涼子、うちの営業部の山下課長って一ヵ月くらい前に離婚したって知ってる？」

「知ってるよ。噂だと、うちの女子社員との不倫関係が山下課長の奥さんにバレたっていう話じゃない」

「そうそう。で、その不倫相手が誰だか知ってる？」

「その相手が誰なのかは知らない……」

「実はね、私も初めて聞いた時は信じられなかったんだよね。だって山下課長ってすごく家族想いの人で有名だったじゃない。——それで、課長の不倫相手があの加奈子先輩だっていうから二度ビックリ！」

「ウッソ～！　信じられない。あの加奈子先輩が山下課長と不倫してたなんて」

涼子の中で何かが音をたてて崩れていく様な気がした。涼子にとって加奈子という存在は、良き姉であり、良き先輩であった。それなのに……。

「でもね、私その噂聞いてから、よく考えてみたの。加奈子先輩ってね、小さい頃に父親を亡くして、母親と二人暮しの生活だったらしいのよ。そんな加奈子先輩の前に家族想いの山下課長が現れたから、きっと父親との記憶をだぶらせて見る様になっちゃったんじゃないかなって……」

「……」

そんな話、初めて聞いた。私は先輩からそんな話すら聞いた事がない。もちろんプライベートな事や、家族の事を誰にもかまわず話したりする人なんていないとは思うけれど……。

——でも、あの加奈子先輩に、そんな秘密があったなんて、ちょっとショックだな……。

六　加奈子

夜風を微かに感じながら、加奈子と山下はならんで歩いていた。
山下は加奈子の歩幅に合わせながら、物静かに歩いていた。

私は彼と初めて出逢った時に、強い何かを感じ取った。初めの頃は、それが恋愛感情だとは思ってもいなかった。しかし、初対面でありながらも、何だか懐かしさを感じたのは、何が理由であったのだろうか……。

幼い頃に、私は父親を失った。その後、母は再婚する事もなく女手一人で私を育ててくれた。その頃の母はまだ若く、たしか二十八歳くらいだったと思う。パートの仕事を掛け持つ事で、帰りは遅く、いつも私は母親と二人で遅い夕飯を食べていた。どんなに疲れていても、私に対する愛情を減らす事はしなかった。そんな母親を見て育ってきたせいか、無意識のうちに母親にだけは余計な心配はさせたくないという気持ちになっていた。そして、中学と高校は、つねに成績は学年でもトップ・クラスだった。しかし、大学の受験を控えた頃に、母親は体調をくずし、半年ほど入退院をくり返していたため、私は一年間予備校に行きながら、アルバイトをして生計を立てていた。その努力が実って、何とか希望していた大学に合格出来た。

大学生活の四年間は、私にとって、良い思い出はなかった。大学で知り合った友人達は、みんな恋人をつくったり、コンパや旅行、個人的な趣味などで楽しい大学生活をエンジョイしていた。そんな中で私だけが母の面倒を見ながらバイトし、家に帰れば勉強をしてといった生活を、不満に感じながらも続けていた。

そんな生活を四年間続けた事で、就職活動に関しては、さほど友人よりも苦労せずに済み、そこそこの企業に就職出来た。その事は、年老いた母親も大いに喜んでくれた。

新入社員となって、右も左も分からずおろおろしている時に、私は山下と出逢った。

昼食や仕事帰りの酒の場で、私にいろいろとアドバイスをしてくれた。そんな彼の雰囲気に、私は無意識のうちに亡くなった父の面影を抱きながら、生活していく様になっていた。

それは、どちらからという理由《わけ》でもなかった。――私達は若い恋人の様に、自然と互いの心や身体を求め始める様になっていた。彼に妻子があり、とても家族想いであるのは、充分承知していた。――しかし、彼も私も、気が付いた時には、互いを心の底から必要としていた。私は彼の事を、彼は私の事を自分の破片《かけら》の様に受け止め、不倫という関係でありながらも、求めずにはいられなくなっていた。そんな関係が一年近くになろうとしたある日の事であった。私は彼の妻である山下悦子から電話を受け、二人で会う事になった。その頃の私はまだ子供で、彼に夢中になるばかり、相手の妻や子供の立場を考えようともしなかった。もし会ったら、きっと口ゲンカをするか、私自身が土下座をするほどの詫びの言葉をいれる事になるだろうと思っていた。

喫茶店で初めて悦子と会い、向かい合わせで座った。彼女は物静かで品のある気丈な女性であった。

「あなた加奈子さんと言ったわよね。可愛らしいわね。コーヒーでいいかしら？　主人があなたに夢中になるのも、何となく分かる様な気がするわ……」

思ってもみない展開だった。私は肩の力が抜け、わずかながら理性を取り戻せそうだった。

しばらく悦子は手元に届いたコーヒーを口にしながら、外の景色を眺めていた。

「加奈子さん、実は私もね、主人と出逢った時は今のあなたと同じ立場だったの。その頃彼には、許婚《いいなずけ》の女性がいたんだけど、ある日私と主人がパーティー会場で出くわした時に強く魅かれるものがあったの。そう、私もあなたと同じで幼い頃に父親を亡くして、母親に育てられて生きてきたの。だから、本音を言うとね、あなたの事を殺したいほど憎いんだけれど、でも心の片隅では、主人をあなたに渡してもいいかなって思ったりもしたの。ムシの知らせなのかしら。主人からあなたとの関係を聞いた時にね、ついにこの日が来たかと思ったのよ……」

「ごめんなさい……。でも私、御主人の事を愛していますし、今の関係を諦める気もありませんので……」

加奈子はそう言って、強い視線を悦子に向けた。悦子もまたその視線をしかと受け止めながら、加奈子をするどい視線で見返した。

二人の間に不思議な沈黙が漂っていた。

「フフフ、昔のあの頃の私とソックリね。何だか私、あなたの事を好きになりそうよ。私の主人を寝取ったメス猫のはずなのに……。心底人を好きになるって事は、すばらしい事ね。今の私があなたと同じ年齢だったら、きっと激しいバトルになってたでしょうね。でもよかったわ。あなたが遊びではなく、本気で主人にほれてるんだったら、私、主人から手を引いてもいいわ。——そう、あなたに覚えていてほしい事があるの。彼は結構わがままで、見ためよりも子供っぽいところがあるから苦労するわよ。加奈子さん、それでも主人を愛し続ける事が出来るかしら?」

「愛し続けてみせます。——そう、奥さん以上にね……」

「フフ、口のへらないお嬢さんね。あなたは……」

悦子はそう言いながら、不思議なくらい自然に加奈子に対して微笑みかける事が出来た。

気が付くと二人は、仲の良い友達同士の様に笑っていた。


悦子は別れ際に加奈子を呼び止めた。

「何でしょうか?」

その時悦子は、加奈子の頬を思いっきりビンタした。

「加奈子さん、今のはね、私があなたを憎くてぶったんじゃないの。あなたがこの先、彼と一緒に生きて行くにあたって、どんなに辛い事があっても挫けたりしない事を願う私からの強い想いだからね……。あ、そう、この指輪ね、あなたにあげるわ。——いい?　幸せになるのよ。それと最後にね、彼は風邪ひきやすい人だから気をつけてあげてね……。さようなら……」

悦子はそう言い残すと、何事もなかったかの様に家路へと向かって行った。

後になって気付いた事なのだが、悦子が山下の事を語っていた会話の中で『うちの主人』と呼んでいたのが、彼女の去り際には『彼』と呼びかたを変えているのだった。多分、彼女の中で山下の事を『彼』と呼ぶ事で、いつまでも未練がましくしている事は、私に対して『恥』だとでも思っていたのだろう。

一人残された加奈子は、悦子から譲り受けた指輪を握りしめ、彼女の気丈な後姿をいつまでも見送っていた。

左の頬がまだヒリヒリとしていた。しかし、不思議と痛みは感じなかった。それどころか、悦子の優しい大人の女性だけが持つ何とも言えない柔らかで母親の愛に包み込まれている様な温もりを感じていた。

悦子さん、私を許してくれてありがとう。——きっと幸せになってみせます……。

それ以来加奈子は、悦子から譲り受けた指輪を何よりも大切なモノとして、身につけていた。

「加奈子、何考えているんだい？」

山下はちょっぴり不安になり、加奈子に話しかけた。

「悦子さんと初めて会って話をした時の事を思い出してたの……」

「悦子の事か……」

「あ、ゴメン。気にしないで……。その事以外に、私自身がこれから先、背伸びする事なく、洋助さんと同じ歩幅で互いの生活を育くんでいけるかなと思って……」

「心配かい？」

「ええ……」

「でも、アイツが許したほどの女なんだ、きっとキミはアイツ以上の女性になれるよ。きっとね……」

「そうなれるといいな……」

加奈子はそう言いながらはにかみ、小さな子供の様にスキップしながら洋助の周りを一周して見せた。そして、洋助の前に向き合うと、洋助の唇に優しくキスをした……。

「ねえ、今夜私の部屋に泊っていって……」

「わかった。泊めてもらうよ」

洋助はそう言うと、加奈子を優しく抱き寄せた。

彼女の無邪気な笑顔を見つめながら洋助は感じていた。俺はこれから先、彼女と等身大の環境の中に違和感なく溶け込む事が出来るであろうか……。三十六歳になった今、地位や名誉も投げ捨て、彼女を愛し続けていけるほどの情熱は、正直に言ってない。

しかし、一つだけ自信を持って言える事がある。それは、彼女を誰よりも心の底から愛しているのだという事……。

世代の違いが原因で、些細な事で彼女の心をキズつけてしまうかもしれない。そんな時、俺は、とてつもなくとまどい、彼女の目線の高さから、『愛しているよ』などと言えなくなるかもしれない。もし、そういう状態になった時、きっと二人の心には、ポッカリと大きな穴が開いた様になるかもしれない。

不安を感じた。もし、自分に何かがおこった時、こんな自分に彼女は今と同じ様な無邪気な笑顔で語り、そして、この俺にいつまでもついて来てくれるのだろうか……。

洋助は、とまどう気持ちを加奈子に悟られまいと、平常心を保つ様に努力した。

加奈子はそんな洋助の胸の内を読み取っていた。

「洋助さん、心配しないで。私が洋助さんを愛する気持ちには、偽りなんてないの。たしかに、ケンカをする事もあると思う。でも私ね、いつも洋助さんの事を肌で感じ、心で感じ、それに洋助さんの言葉の一つ一つを自分の事の様に感じ、そしてしっかりと受け止めて、どんな事がおきようと、私は必ずあなたの後をついて行く。私はそう決心したの。だから安心して……」

「これじゃ、どっちが年上なんだか分からなくなっちゃうな」

洋助はそう言って苦笑した。

――彼女のそんな健気な想いを悲しくなるほど嬉しく受け止めた。

人は新しい分野に足を踏み込む事で、新しい自分に気付く。そして、そんな気持ちを少しずつ暖め、育む事で、人は生まれ変われるのだろうと、洋助は確信した。


加奈子の唇に、自らの唇をそっと重ねる。柔らかで、むせぶ様な温もりが洋助の唇を征服する。何度も何度もキスをかわし、互いの気持ちを〝愛〟という体温計ではかり始める。

加奈子の震える舌先が洋助の口の中へ侵入する。甘い移り香を味わいながら、自らの気持ちを根雪をも溶かしてしまうほどの情熱で優しく受け入れ、心地よさを満喫する。しなやかな髪の間に洋助のゴツゴツした指先がすべり込み、優しくなで上げる。

加奈子の瞳が甘い誘惑に漂いながら、顔や首筋、肩などの骨格を見届けていた。

胸の感触は、いつもながら張りがあり、それでいて柔らかく、何度触れてもあきる事がなかった。

硬くなった乳首を口にふくみ、軽く噛んだ。加奈子は甘い声を発しながら身もだえる。

加奈子の体臭は、甘い切なさに満ちていた。きめこまやかな肌は、洋助の心と身体を悲しくなるほど優しく受け止め、――そして最後には、むせぶ様な解放感へと誘ってくれた。

七　再びの海

六日間の夏休みが訪れた。

身体の芯まで溶け入りそうな空の青さが涼子は好きだった。

湿気を含んだ空気には、不快な気持ちを隠す事は出来なかったが、それでも涼子は紘平の存在があるかぎり気にしない様にしていた。

涼子と紘平は、夕涼みがてらに、花火を見に出掛けた。夜の海岸で、美しく輝く星空へ花火を打ち上げ、星と花火のユニットと洒落込もうといった企画であった。

また紘平と二人して、この海に来られたのに対して、感謝の気持ちでいっぱいだった。海の表情は、以前より増して夏の香りを運び、強い波に打ち寄せられながら二人を迎え入れた。

「また一緒に海に来られてよかったね」

涼子は優しく紘平の腕を引き寄せながら微笑んだ。

心地よい夜の潮騒を全身に受け止めながら、紘平は柔らかな笑みをうかべる。

浜辺では、たくさんのカップル達が互いの身体を寄せ合いながら、昼間のほてった身体を夜風にさらし、都会ではなかなか見る事の出来ない星空に酔いしれ、打ち上げ花火が始まるのを今や遅しと待ち望んでいた。

浜辺に集う人々のざわめきは、夜の潮騒に甘く溶け合い、それぞれの想いを心の引き出しから奪い去っていく様だった。

集う人々の心が高まり、やがて夜空のキャンバスに色とりどりの大輪の花が咲き乱れ、人々の甘く切ない夏の日の思い出を夜空に引き寄せ、あたり一面には感動の溜め息をもたらした。ある所では、拍子や悲鳴にも似た声が湧きおこっていた。

涼子は紘平に寄り添いながら、何も語らずに、潤んだ瞳を夜空にきらめく大輪の花にささげていた。

心の中に再びあの言葉が蘇る。

——私達の関係は花火じゃないよね……。

潮騒は二人に優しかった。普段の生活ではついつい忘れがちになってしまうささやかな想いが、この日、この時の為に大切に育んでいたかの様に、彼女の心の奥深くまで溶け入り、心地よい切なさの中へと誘ってくれる。

涙がこぼれ落ちた。——何故だろう。悲しくないのに涙が私の頬を汚した。

潮風がいたずらに、私の流した涙の理由《わけ》を尋ねる。私はその問いには答えず、優しく褪《さ》める涙の温もりだけを受け止めていた。

狂おしいほど、紘平の唇が恋しい。流れ出す涙を拭いもせず、そっと目を閉じると、紘平の熱い唇をせがんだ……。

紘平……。

それから数秒間、私は気を失ってしまったかの様だった。頬にかすかな温もりを感じた。――そう、傷を負った小動物がその傷口を舐め癒す様に、紘平は頬につたう涙を舌先で拭い取ったのだった。その野性的な感性が、今の私の心にはとても優しく感じられた。

その瞬間は、いつまでも淡く陽炎の様に漂う〝儚さ〟を含み、初めてのキスの味にも似て、胸がキュンと音をたてて鳴き出しそうなほど切なく、だけどポカポカと温もりに満ちた数秒の時間《とき》の流れだった。

二人は旅館の一室に戻ると、ビールで乾杯をした。

海を一望できる部屋に泊っている為、窓を開け放つと、夜風が潮の香りを運んでくれた。

涼子は夜風を全身に受け、大きく背伸びをした。

「ああ、気持ちいい！」

涼子は、夜の海を眺めながらうっとりとしていた。

時間のたつのも忘れてしまいそうな気分になる。

窓際には、松の木が涼子に手を差し伸べているかの様に生えていた。

松葉がサラサラと音を奏で、夜風と楽しそうに戯れている。そんな自然の音楽に耳を傾けながら、涼子は缶ビールを飲んでいた。

紘平は静かに座敷の壁に凭《もた》れながら、涼子の後姿を見守っていた。

――しかし、その表情には、涼子に対し一度も見せた事もない遣る瀬ない想いが漂っていた。

俺は彼女と、いつまで一緒にいられるのだろうか……。彼女に今の自分の存在のすべてを語っておくべきであろうか……。

言葉に出来ない胸の内が、とまどいとなって、紘平を締めつけていた。

――もう少し、もう少しだけこのままでいよう……。

涼子は昼間の疲れからか、布団の中へ入ると、あっという間に深い眠りへと落ちていった。

紘平は、彼女の寝顔をずっと見つめていた。涼子の寝顔をこうして見るのは初めての事だった。とても無邪気で愛くるしい寝顔を見ていると、胸が張り裂けてしまいそうになる。

涼子、愛してるよ……。

涼子の寝顔にそっと呟くと、キスをした。

都会の生活に慣れてしまうと、つい忘れてしまうほどの静寂が、二人を夢の中へと誘い込んでいった。

――ただ安らかに漂う波の音だけが眠りを誘うメトロノームの様な役目を果していた……。

静かな波に抱かれながら、ユラユラと漂う涼子の姿があった。

身も心も重さを感じなかった。身体の力は波に阻まれ、まるで空中を浮遊しているかの様だった。

静寂の中で一人佇んでいた。愛する紘平の姿は、そこにはなかった。涼子の心に、一瞬にして不安と悲しみと恐怖が一斉に襲いかかった。

――紘平、私を一人残して何処へ行ったの？　暗闇が私を襲って来るよ……。

悲しみが頂点に達し、涙が止めどもなく溢れ始めた。

紘平！

泣き呼ぶ涼子の気持ちとは裏はらに、一人きりでいる事への恐怖心が涼子のすべてを飲み込もうとしていた。

やだ！　一人にしないで……。

紘平はあれから眠らずに、涼子の寝顔をずっと見つめていた。

やがて涼子は寝言を言いながら涙をうかべていた。そんな涼子の寝顔を見た時、紘平の心の奥底で何かが弾《はじ》けた。――と同時に、涼子が今見ているとても孤独で凍てつく様な悲しい夢が、紘平の脳裏へと、激しい音をたてて飛び込んできた。

それは、とても切なく荒野の中に一人とり残されている様な、何ともやりきれない悲しみだけを背負った空間だった。――そして、その空間の中に紘平自身が存在していない理由は分かっていた。しかし、その理由を今の彼女に口にする事は出来なかった。――何故なら……。

涼子との別れの時期《とき》が近づいているのであろうか?――離したくなかった。だって俺はこれ以上彼女以外の女性を愛するなんて出来ないのだから……。

やがて太陽の陽射しが二人の元へと手を差し伸べていた。

紘平が目を覚ました時、涼子は彼に縋《すが》る様にして眠り続けていた。

そっと彼女の頬を指先で触れた。まだ微かに頬は涙で濡れていた。

――あれからずっと涙で頬を濡らしていたというのか?

やがて窓辺から、スズメの啼き声や蟬の鳴く声が目覚まし時計となって、涼子を目覚めさせた。

「紘平、おはよう……」

少女の様なか弱い声だった。泣き腫らした目は酷《むご》く充血していた。

すぐ傍にいる紘平を見てホッとしたのであろうか？　すぐにいつもの無邪気な笑顔を取り戻すと、紘平を強く抱きしめ、唇に軽くキスをした。

「よかった……」

彼女に安堵の色が見えた。そして、大きく溜め息をつくと、背伸びをした。

二人は着替えを済ますと、早朝の海辺を散歩した。

早朝の海辺は、静かで空気は澄みきっていた。

二人は立ち止まり、沖に向けて大きく深呼吸をした。

早朝の涼しげな潮風が、少しの間、二人の遊び相手になってくれた。

寄り添う様に歩いていたのだが、会話も続かず、ただ黙っている時間だけが、二人に微かな距離を与え、その間には、切なさという言葉だけが二人をつないでいた。その微かな距離をつくってしまった原因は、涼子が夢に見た深い悲しみと孤独が渦巻く暗闇であり、死にたくなるほどの恐怖感であった。

今の涼子は、正面から紘平の顔を見る事も出来ずにいた。勇気を出して笑顔を振りまこうとするが、かえってぎこちなくなってしまった。

涼子はうつむいたまま、昨夜の夢の事をどう理解すべきなのかを思いあぐねていた。あんな夢を見たのは、生まれて初めての事だった。いったい何が原因で、あんな夢を見たのかしら……。考えたくもない想いが、走馬灯の如く涼子の脳裏をかけ回っていた。

——私、どうかしちゃったのかしら……。

そんな想いの涼子の気持ちを察してか、紘平自身もやりきれない想いにひたっていた。

人気の少ない海辺は、何かを物語っているかの様だった。二人の紡ぎ続けた想いが、一瞬にして凍てつき、手の届かない場所へ行ってしまいそうな破滅的な状況を生み出そうとしていた。

「紘平、どんな事があっても、私達は一緒でいられるよね？」

今まで感じた事もなかった不安が、涼子の心を襲い、つい、そんな言葉を紘平に投げかけてしまった。

苦しみや悲しみを分かち合う同胞でもあるかの様に、彼は深くうなずき、涼子の今にも泣き出してしまいそうな表情に愛の吐息を吹きかける様に優しく微笑んだ。

しかし、紘平の心の中は激しく波打ち、それ以上の事を彼女にしてあげられるだけの術は持ち合わせてはいなかった。

——そう、今の紘平には、そうする事だけで精一杯だった。


旅館で過ごす最後の夜、二人は互いの気持ちが永遠に続く事を祈るかの様に、何度となく愛し合った。普段以上の心の高まりが、二人の想いに火をつけていた。

孤独と恐怖に打ち拉がれていた心の傷を、少しでも治したいが為に、二人は強く激しく互いの心と身体を求め続けていた。それはまるで、二人の温もりが冷めてしまった瞬間から、自分が自分でなくなってしまうのではないだろうかと思えるほどに切なく、それでいて儚い美しさを温め続けていた。

八　奈々子

陽射しの強さに目を背けたくなった。

長い闘病生活にピリオドをうつ日がやっと訪れた。

大きく背伸びをして外の空気を満喫できる喜び……。とても素朴な幸せだけれども、生きているんだという実感を全身で感じ取る事に、奈々子はとてつもなく快感を覚えた。

両親も私が元気な姿で退院できるのを、とても喜んでいた。

――そして私は、冷静に今後の生活スタイルの事を考える。私の身体は、私だけのモノではない。――そう、この私に臓器を提供してくださった人の為にも、この命を粗末にしてはならないという大きなプレッシャーが、この私の身にのしかかっているのだ。

奈々子は何度となく主治医にお願いして、ドナーの名前と住所、電話番号を教えてもらった。ドナーの名前は、立花紘平という男性らしい。奈々子はそのドナーの名前を耳にした時に、何だかすごく懐かしいものを感じていた。——しかし、何故懐かしさを感じるかという意識は、今の彼女にとって、とても曖昧なものであった。

退院してから三日ほどたった頃であった。奈々子のドナーである立花紘平という人物が、もしかすると中学の頃の同級生ではないかと気付き始めた。焦る気持ちを抑えながら、当時の卒業アルバムを引っ張り出し、ページをめくり始める。——しかし、卒業アルバムには立花紘平という男子生徒の存在はなかった。

どうしてかしら……。

不安な気持ちが、彼女をさらに焦らせた。卒業アルバムを閉じ、もう一度過去の記憶を取り戻す事に努めた。

——そうだ！

彼女は当時埼玉県で生活をしていたのだが、父親の仕事の都合で、今生活している、ここ千葉県へ引っ越しをしたのだった。――そう、埼玉で生活していた頃に通っていた中学校のクラスメイトに、背の高い男の子で立花紘平君という男の子がいた。――そうそう、私はその男の子とよく口ゲンカをしたりしたのだが、実はその男の子に淡い恋心を抱いていたのだった。彼女の記憶が、少しずつ蘇ってくるのが分かった。

こんな偶然があっていいのだろうか?――いや、何かの間違いに違いない……。奈々子の心の中に、激しい迷いが生じた。

彼女の脳裏に、何かしらの行動を取らなくてはいけないといった言葉が囁かれた。

――そ、そうだわ、電話番号も教えてもらっていたんだった……。

受話機を握る手が、微かに震えていた。

スリーコールめにして、受話機から女性の声を聞き取る事が出来た。

「はい、立花でございます」

たぶんドナーである立花紘平の母親であろう事は間違いなかった。

「――」

「もしもし、どなた様ですか?」

言葉を口にするのにとまどいを感じた。

「もしもし……」

奈々子は勇気を出して、言葉を口にした。

「あ、あのう、私、木下奈々子と申しますが……」


奈々子は今までのいきさつを丁寧に話し始めた。――そして、三十分ほど話し続けているうちに、電話の相手の女性の声が涙まじりになっているのに気付いた。

「――そうなんですか……。元気になって、普通の生活を送る事ができる様になったんですね? 本当によかったわ……。これで息子の死もムダにならずに済んだわけね……」

その後彼女は、電話をした日から三日後の日曜日にドナーの実家を訪れて、お礼の挨拶を済ませた後、立花紘平の眠る墓に花と線香をお供えした。

彼女は墓石の前で手を合わせ、彼の魂に祈りを捧げた。

紘平君、こんなカタチで再会するなんて、皮肉なものね……。――でもね、心配しないで。私、あなたの分まで頑張って生きていくつもり……。悲しまなくていいからね。――だから紘平君、安らかに眠ってください……。

その時だった。一瞬ではあるが、奈々子の両手に不思議な温もりが感じられた。――それはまるで、誰かの手に包み込まれている様な心地よい感触であった。

九　予兆

旅行先から帰ってからの二人は、相変わらず微妙な距離を置いてのつき合い方をしていた。

相手に対する愛情が冷めてしまったわけではなかった。言葉にする事の出来ない互いの胸の内がヒリヒリと痛み、その事を考え、相手を思えば思うほど、傷口がうずき始める様な複雑な心境の中にあった。

悲痛な心の叫びを二人は痛いほど受け止めながらも、奇跡の光を待ち望んでいた。旅先であれほど互いを求め合っていながらも、何故か二人の気持ちはぎこちなく、まるで目隠しをしながら綱渡りでもしているかの様だった。

涼子は部屋で一人テレビを見ていた。番組の内容などは、どうでもよかった。ただ、人の会話が聞こえている環境の中に今の自分という存在を置いていないと、気が狂いそうだった。

まだ旅先で見たあの夢に、こだわり続けていた。とても悲しくて、生きていく事に対しても苦しみに感じるほどの空間だった。深い闇に侵されそうで気が乱れそうだった。そんな暗闇の中に、私は一人ぽつんと取り残されていたのだった。その空間にいる私は、まるで呼吸だけをして生き続けている生命体にほかならなかった。人間として、認められていない様な気がした。

そんな時、携帯電話の着メロが鳴り出した。涼子は携帯を手に取ると、通話ボタンを押した。

「はい、涼子です……」

お盆の時期が近づくにつれ、俺自身の存在が薄い紙きれの様な気がしてならなかった。

紘平の表情にも、今までの様な微笑みは失われていた。肌には張りはなくなり、顔色も良くなかった。頬の肉もこけ落ち、やつれ始めていた。

涼子と一緒にいられる時間にも、そろそろ限界が近づいてきたのかもしれない。紘平はその事を考えると、気が動転しそうだった。

いつまでも涼子と一緒にいたかった。――しかし、今となっては、それすらも許されなくなってしまいそうだった。きっと、涼子以外の人達には、すでに俺の存在などに気付きもしていないのだろう。何で俺は、あの時にあんな場面に出くわし、自らを失わなければならなかったのだろう……。涼子を一人ぼっちにはしたくなかった。

そんな時、携帯電話の着メロが鳴り出した。紘平は通話ボタンを押した。

「はい、紘平です……」

十　離別

「涼子さんですね?」

「――は、はい。そうですが……」

「明日の十五日を最後に、紘平さんの身柄をこの私に預けていただけませんか?」

「どういう事ですか?　あなたの仰る事が、私にはあまりよく理解できないのですが……」

　受話器を通して語りかけるその声は、男とも女とも言えない、中性的な声で、涼子になれなれしく話しかけていた。そして、その声は不気味なくらい落ち着きはらっていた。

「私が誰であるかは、いずれ分かる事です。――涼子さん、そろそろ現実に目を向けなければいけません。たしかに、あなた達が愛し合っている事は、私も充分承知していますが、紘平さん本人の為にならないのです。——いいですか？　明日の深夜十二時までに、彼を私に預けてください。いいですね？」

その声は、その事だけを涼子に伝えると、一方的に電話を切った。

「紘平さんですか？」

「——は、はい。そうですが……」

「あなた、そろそろ彼女の涼子さんに本当の事を話さないといけませんよ。タイムリミットは、十五日の深夜十二時までです。——約束は必ず守る様にしてください。いいですね？」

——もう、これ以上時間を延ばすのは無理なのか？　涼子を離したくない！　別れたくない。そうだ、涼子を道連れにすれば……そうすれば、いつだって彼女と一緒にいられるじゃないか！

その日の夜、二人は眠れない夜を過ごし、十五日の朝を迎えた。

充血した目のまま、涼子は紘平の住んでいる部屋へと向かっていた。

あの電話は、いったい何だったの？——きっと誰かの嫌がらせだわ。そう、私達の幸せを妬《ねた》ましく思っている奴に違いないわ。

改札を抜け、階段を駆け上がり、ホームに滑り込む電車になだれ込んだ。

肩で大きく息をつきながら、吊り革を摑むと、流れ去って行く外の風景を意味もなく眺め続けていた。

二つ目の駅に到着すると同時に、ホームへと飛び出し、足早に階段を駆け降りて行く。

紘平の住む部屋は、この駅の東口を出て、歩いて十分ほどの所にある。

涼子は、髪の乱れも気にせずに、紘平の所へ走り続けた。

紘平の部屋の前まで来ると、財布から合いカギを取り出し、力まかせにドアを開けた。

「紘平！」

大声で叫ぶ。その叫び声には、涼子本人の切羽詰まる様な苦しみが滲み出していた。

部屋の中は薄暗く、蛻《もぬけ》の殻だった。――それに、ここ数ヵ月間この部屋は使われている様子もなく、埃っぽい匂いが立ちこめていた。

すでにその空間には、紘平の生活していた時の香りは残っておらず、ベッドやタンスはおろか、家庭用品すべてがなくなっていた。

紘平、どうしたっていうの？　あなたに何がおきたというの？　姿を見せて。そして、この私にすべての理由を話して……。

「俺はここにいるよ……」

紘平は涼子の耳元で囁いた。しかし、彼女は紘平の存在に気付きもしなかった。

――まさか……。

目の前が真っ暗になり、気が狂いそうになった。

紘平は必死になって自分を探している涼子を優しく抱き寄せようとした。

「……」

紘平の大きな手が涼子の身体をすり抜けていった。それはまるで、掬い上げた時に、指の間からサラサラと流れ落ちていく水の様なものであった。抱きしめて彼女の体温を自分の凍てついた肉体の芯にまで受け止め、心の底から感じていたかった。しかし、そんな努力すら今の自分には無意味なのだという事に気付いた。

リョウコ、リョウコ……。

紘平の頬に涙がつたい、表情はしだいに苦悶に満ちていった。それと同時に、今自分が流した涙の温度さえ計り取る事が出来なくなっているのに、すさまじい怒りと恐怖を抱き始めた。

――もう、この魂さえも朽ち果てたというのか？

紘平が生活していた部屋の中で呆然としている涼子の姿が、小さく見えた。

――涼子、お前こんなに小さかったっけ？

何故そう感じたのだろうか？　自分が辿り着くはずの温もりのある所へ、辿り着けないという心のもどかしさが、そんな風に錯覚させているからだろうか？

紘平は部屋の中を漂いながら、涼子の表情を窺《うかが》った。スッピンだった。彼女の化粧をしていない顔を見るのは、二人が出逢った頃以来だった。

涼子。お前、素顔でも可愛いぞ。

そう感じた時、紘平は無性に涼子の唇を奪い取りたくなった。

今こうして、目と鼻の先まで顔を近づけているというのに、彼女は気付いてもくれなかった。

涼子、愛してるよ……。

愛してる。

あいしてる。

アイシテル……。

〝愛してる〟を何度も何度も涼子の耳元で囁き続けた。そして、心を込めて、彼女にキスをしてみた。


「え?」

今、私の唇が急に熱を増した。そして、身も心も溶け入りそうな快感が、涼子の全身を駆け抜けていった。

私は今、紘平にキスされている……。その時、涼子の脳裏に激しい光がスパークした。


救急車のサイレンが鳴り響いていた。搬送されている人物は、頭部から大量の血を流し、顔は誰であるかを確認する事も不可能な状態であった。見て分かる事といえば、重症の患者は、若い男性であり、今すぐにでも手術をしなければならないという事だけだった。

やがて救急車は、患者の受け入れ先である病院の前に停車した。救急車の後部ドアが開かれ、中から患者を乗せた担架が運び出される。すぐに看護婦・医師達に引き渡され、手術室へと運び込まれていった。

担当の外科医が、看護婦や他のスタッフに現状のチェックを確認させ、早口でスタッフ一人一人に指示を出してゆく。

「あっ」

患者の顔がはっきりと、涼子の脳裏に映し出された。

――紘平！

涼子の脳裏に、ガラスの弾ける様な大きな音が響き渡った。

「い、いや～！」

涼子は激しく頭をふり、両手で耳をふさぐ様にして、その場にしゃがみ込んだ。

生々しい映像は、さらに続いていた。

紘平の側頭部は、無残な形に押し潰され、傷口からはどす黒い血が夥《おびただ》しく滲み出ていた。顔面には、フロントガラスの破片によって生じたいくつもの切り傷が痛々しいほどつけられていた。血圧や心拍数の低下が外科医やスタッフ達の精神と肉体を蝕んでいく。

外科医は苦痛の表情を見せながらも、額から噴き出す汗を看護婦に拭うよう指示を出す。

今の担当スタッフと外科医の力量では、紘平の命を救うのはとても困難であった。さらに、心臓や肺にまでも数本の折れた骨が突き刺さっている。とくに、心臓に刺さっている骨が、心臓からの多量の出血を止めているという状況であり、下手に抜くと、患者がすぐにでも死亡してしまう恐れがあった。切り開いた傷口の中には、血だまりがすぐにできてしまう。外科医が輸血を求めていたが、看護婦は、本日は数件のオペが続き血液が不足しているので無理だと言い出した。外科医の顔色が急変した。

「し、しかたない。この患者から採取した血液を一度浄化させ、再度患者の体内へと流し込むぞ」

――しかし、その努力もむなしく、紘平の生命は失われた……。

「手遅れか。塞《ふさ》ぐぞ」

外科医の口から、苦悩の叫びが担当スタッフの周りに漂う。

手術室の外では、彼の両親と私が涙にくれていた。

ウソよ！　紘平が死んだなんてウソ。

私は何度となく外科医に向けて叫び続けていた。

「残念ながら、私共の力では手のほどこし様のない状態でして。出来るかぎりの事はしましたが、患者の肉体そのものが長く厳しいオペに耐えるだけの力を維持していなくてすでに無理だったのです。私共はその事を確認した上で、オペを断念せざるをえなくなりました。——お力添えできなく、まことに申しわけございませんでした……」

「じょ、冗談じゃないわよ……」

弱々しい声で私は誰に対してでもなく、呟いていた。

私を一人にしないで……。

我に返った時、力なく跪《ひざまず》いていた。

涙が止まらない。——ただ悲しくて、悲しくて……。

——私は今まで紘平の幻と寄り添って生きてきたの？ それじゃ、楽しかった紘平との数々の思い出は、あまりにも紘平に対する想いが強かった為に、私自身が勝手に妄想していたというの？ そんなの絶対にウソに決まってるわ！ 紘平は今でも元気に何処かで生活しているはず……。

涼子は紘平の死を今だに受け止める事が出来ずにいた。

彼から与えられた体温の一つ一つは、決して幻で片づけられる事ではなかった。その事は、彼に愛され続けている私の身体のパーツ一つ一つが記憶している。

——そうでなかったら、一年間もの間、彼の愛の深さは、遠い記憶の闇に葬り去られ、思い出す事さえ不可能なはず……。

涼子はフラフラと立ち上がると、洗面台のある場所に歩き出し、鏡に自らの顔を映した。——その時、鏡が息を吐きかけた様に白く曇ると、その表面に右上がりの文字で〝愛してる〟という涼子へのメッセージがうかびあがった。

「——え？」

信じられない瞬間だった。——しかし、その現象は、涼子の夢の中でおこった出来事ではなく、今、この場でおこっているのである。

この右上がりの文字に見覚えがあった。——そう、紘平だ。

今、紘平は私のすぐ傍にいる。辺りを見渡す。そこには、誰もいるはずはなかった。あるのは、埃っぽい空間と、その中に一人取り残された私自身が佇んでいるだけだった。

再び鏡に目を向けると、先ほどの文字は消えていた。

紘平。

いるのなら私に姿を見せて……。

私を抱きしめて……。

再び鏡の表面が白く曇った。

サ・ヨ・ウ・ナ・ラ……。

紘平から受けていた微かな体温が、フッと消え去った様な気がした。

涼子は急いで部屋から飛び出し、辺りを見渡してからそっと目を閉じた。それはまるで、彼の体温を少しでも感じ取ろうと努めているかの様だった……。

――紘平はあの時、私に言ってくれたよね。私達は花火じゃないって……。

言ってくれたじゃない。花火じゃないって……。

私だけを置き去りにして、あなただけが打ち上げ花火に乗って天国に行っちゃうなんて酷《ひど》すぎるよ。心が痛いよ……。

十一　二人の存在

奈々子は紘平の両親の話を通して、当時紘平と親しくしていた女性の名前を聞く事ができた。

――宮坂涼子。

奈々子はその女性の存在をうらやましくも思ったのだが、逆に彼女の立場を考えたら、何とも言えない心の叫びを感じずにはいられなかった。

この女性に、ぜひとも会ってみたい。奈々子はそんな衝動にかられた。

私と同じ男性を好きになり、そして恋に落ち、身も心も授け、そして、何よりも愛しい人を失った女性……。

この女性に会って、私の身体の一部にあなたの愛した男性が今でも生きづいている事を教えなくてはいけない。

奈々子の脳裏に、そんな言葉が横切った。

それから数ヵ月後、奈々子は宮坂涼子の居場所を突き止めた。彼女はすでに結婚し、小野寺涼子と姓を変えていた。そして、一人の子供を持つ母親である事も知った。

奈々子は今、涼子の家の前まで来ていた。

これから直接彼女と会って、話をするべきであろうか？　今よりも少しだけ勇気を出してブザーを鳴らせば、きっとインターホンを通して彼女の声がこちらに届くはずである。

奈々子の心の中に、ためらいが生じた。

——そう、この一線を越える事で彼女と私の中で紘平という存在を通して人生が変わってしまうかもしれなかった。私の場合は、子供もいなければ結婚もしていない。しかし、彼女の立場を考えたらどうなるだろうか？

——やっぱり私には無理だわ……。

――きっと彼女は遠い記憶を慰めながらも、紘平君とは別の男性と恋に落ち、結婚したに違いない。そんな彼女に、今、私が話そうとしている出来事は、あまりにも残酷すぎる。私の存在は、いつまでも私の中だけに閉じ込めておく事が、彼女にとってても私にとっても、一番良い選択かもしれない……。

奈々子は微笑みをうかべながら、涼子が幸せに生活を送り続けている空間の外へと去って行った。

十二　奇蹟の翼

遠い記憶に祈りを捧げた後、彼女はゆっくりと立ち上がった。そして遠くに視線を向けた。視線の先には一人の少女が楽しそうに潮騒とたわむれていた。その少女は彼女の娘であった。

「渚、あまり遠くまで行っちゃだめよ」

彼女の声は、とても温もりのある母親の愛情に満ちていた。

毎年夏が近づくと、この海が見たくなる。彼女にとってこの海は切ない過去の記憶を少しずつ癒す為の参拝の様なものでもあった。

彼女は思い出にひたりながら、ゆっくりと娘のいる場所へと歩み寄って行った。

「ママー、こんなモノ拾っちゃった！」

渚は薄よごれたビンを大切そうに抱えながら、母親の所へ戻って来た。

それは、コルクで栓がされたワインボトルだった。

「渚ったら、こんなゴミ拾って来てどうするの？」

「ゴミじゃないよ。ほら、中に何か入ってるよ。ねえ、ママ開けて見て」

「しょうがない娘ねえ」

娘からボトルを受け取ると、コルクの栓を力強く抜いた。

「えっ！」

気のせいだろうか？　ボトルの中から、懐かしい香りが微かに立ちこめた。その香りは涼子に優しく寄り添い、彼女の鼻孔に、甘い官能を与えた。――そして、やっとの思いで中に入っていた紙きれを取り出し、広げた。その時、彼女の足元に色あせた一枚の写真が落ちた。

「…：」

色あせた写真の中には、あの頃のままの青年が、彼女に向かって微笑んでいた。

紘平……。

目頭に熱いモノがこみ上げてきた。そしてそれは色あせる事のない記憶の追懐の調べを美しく演出しながら彼女の頬をぬらした。

「ねえママ、どうしたの？　何で泣いてるの？」

娘の渚が、母親の突然の涙に強い不安を感じたらしい。

「――ううん、何でもないの……」

胸の奥が切なく高鳴った。――そう、思い出した。彼と二人で互いの想いを書き出して、その紙を空になったワインボトルにつめて海に向けて投げた事があったっけ……。

――でも、不思議だった。あの時は写真など入れた覚えはなかったし、私の書いた彼への想いを綴った手紙も入っていたはずなのに、このボトルの中には入っていない……。彼女は変に思いながらも、手に持っている紙切れに目を通した。

涼子、キミは僕のすべてだった。すべてを許して正直に語り合える愛そのものだった。生きている時も、死んでしまった後にも、僕はキミしか愛せなかったし、その事を今でも誇りに思っているよ。

涼子、ありがとう……。僕はいつでもキミの傍にいるからね……。

キミと出逢え、愛せた事、――そして、この手でキミを抱きしめられた事を、僕は心の底から感謝しているよ。


キミとの〝サヨウナラ〟は、永遠という名に綴られて……。

立花　紘平

彼女はこの手紙を読み終えた後、つい先ほどまでの孤独で凍てついた心の深い悲しみは、安らかに癒されつつあった。

潮騒は私の今の心境を優しく受け止めてくれた。

涼子の全身に降りそそぐ陽射しは、力を与え、重苦しく感じられた悲しみの鎧を解き放し、本来の彼女の美しさを取り戻した。

表情には陰りのない微笑みが満ちあふれ、すべての悲しみを浄化する様だった。

彼女は娘の手を取り、浅瀬までゆっくりと走って行った。

海水の温度は、彼女の火照った身体に柔らかく潤いを与え、水面に彼女の太ももをキラキラと美しく映し出していた。

彼女と娘の二人は遊び疲れると、沖に向かって肩をならべ砂浜に座り腰を落ち着かせた。

彼女は胸のポケットから手紙を取り出し、再度黙読すると、大切に胸に抱きしめ、あの頃より少し汚れてしまった自分に後悔しながらも、これから先、もっとたくましく生きていく事を紘平に誓った……。

了

エピローグ

想いへのベクトル

紘平が二人の異なる女性に送った想いの数々。幅広い愛情をもって彼の想いを受け継ぐ彼女達。互いの想いは強く、激しく、魂という言葉の絆で離れる事はないだろう。

彼女達がふと存在に疲れを感じた時、再び彼は彼女達に語りかけるだろう。〝生きる事に疲れないで〟〝存在の重さに負けないで〟と……。

生きていられる事、夢中になれる事、誰かを愛せる事。日頃そんな想いを抱き続けながら生きられるだけでも、人はとても美しいのではないかと、彼なら想うに違いない。

きっと想いへのベクトルは、一人一人の心の中に存在し、その想いに対して強く願い続けながら生きる事で、充実感を得ながら成功への道へ導いてくれるだろう。

著者プロフィール

石川 豊（いしかわ ゆたか）

1968（昭43）年埼玉県生まれ。私立小松原高等学校卒業後、誠心調理師専門学校へ入学。その後、中華街に本店を持つ広東名菜「聘珍楼《へいちんろう》」で9年間中華料理の修業。以後、自らの料理・サービス・お客に対する想いの方向性が変わり、今では、ワタミ・フード・サービス株式会社が経営する「居食屋和民」に入り、現在に至っている。
小説を書く事に目覚めたのはごく最近である。

さよならが癒えるまで

2002年 3月 15日　初版第 1 刷発行

著　者　石川 豊
発行者　瓜谷 綱延
発行所　株式会社 文芸社
〒160-0022　東京都新宿区新宿1-10-1
電話　03-5369-3060（代表）
03-5369-2299（営業）
振替　00190-8-728265
印刷所　株式会社平河工業社

©Yutaka Ishikawa 2002 Printed in Japan
乱丁・落丁本はお取替えいたします。
ISBN4-8355-3478-6 C0093